AF363775

VENTE
Du Lundi 24 Décembre 1906
HOTEL DROUOT, SALLE N° **2**
à 2 heures

OBJETS D'ART & D'AMEUBLEMENT

ANCIENS ET DE STYLE

SCULPTURES — BRONZES — ÉTAINS

TABLEAUX

TAPISSERIES — ÉTOFFES

TAPIS D'ORIENT

COMMISSAIRE-PRISEUR
Me **LAIR-DUBREUIL**

EXPERT
M. R. **DUPLAN**

CATALOGUE

DES

Objets d'Art et d'Ameublement

ANCIENS ET DE STYLE

Bibliothèque et Bureau Louis XVI en bois de rose, garnis
de bronzes. — Commodes. — Consoles. — Guéridons.
Tables. — Glaces, etc. — Meuble de salon de style Louis XVI
garni en tapisserie d'Aubusson.
Autre Salon garni en ancienne soie brochée.
Sièges variés.

SCULPTURES — ARMES — PORCELAINES — FAIENCES

BRONZES D'ART ET D'AMEUBLEMENT

CUIVRES — ÉTAINS

GROUPES — STATUETTES — LUSTRES — APPLIQUES — CANDÉLABRES
FLAMBEAUX — CHENETS DU XVIᵉ SIÈCLE, ETC.

TABLEAUX — DESSINS — GRAVURES — OBJETS DE VITRINE

TAPISSERIES

Tentures — Étoffes — Tapis d'Orient

DONT LA VENTE AURA LIEU

HOTEL DROUOT, SALLE Nᵒ 2

LE LUNDI 24 DÉCEMBRE 1906

à deux heures

COMMISSAIRE-PRISEUR	EXPERT
Mᵉ LAIR-DUBREUIL	**M. R. DUPLAN**
6, rue de Hanovre	10, rue Rossini

EXPOSITION PUBLIQUE

Le Dimanche 23 Décembre 1906, de 2 heures à 5 h. 1/2

CONDITIONS DE LA VENTE

Elle sera faite au comptant.

Les adjudicataires paieront *dix pour cent* en sus des enchères.

Paris.— Imprimerie de l'Art, E. Moreau et Cⁱᵉ, 41, rue de la Victoire.

DÉSIGNATION

MEUBLES

ANCIENS ET DE STYLE

SIÈGES

1 — Bibliothèque en bois de rose et marqueterie de bois, ornée de bronzes dorés; ouvrant à deux portes grillagées. Epoque Louis XVI.

2 — Bureau plat en bois de rose et marqueterie, à moulure et ornements de bronzes ciselés. Epoque Louis XVI.

3 — Console en chêne sculpté et peint, de style Régence; bandeau à coquille, pieds à mascarons. Dessus de marbre blanc.

4 — Console en bois sculpté et doré, supportée par deux oiseaux aux ailes éployées; dessus de marbre. XVIIIe siècle.

5 — Table de chevet en chêne sculpté, xviiie siècle ; intérieur gaîné de soie brochée ; dessus de marbre.

6 — Grand coffre en bois sculpté. xvie siècle.

7 — Commode en acajou, garnie de cuivres ; dessus en marbre blanc. Époque Louis XVI.

8 — Lit en noyer, avec son sommier. Epoque Louis XVI.

9 — Deux consoles rectangulaires en bois sculpté et doré ; dessus en marbre blanc. Style Louis XVI.

10 — Deux glaces, cadres en bois sculpté et doré, ornées de trumeaux en grisaille. Style Louis XVI.

11 — Guéridon rond, à entrejambes, en bois laqué, ceinture et ornements en bronze doré ; dessus en marbre brèche. Style Louis XVI.

12 — Commode, forme demi-lune, plaquée de palissandre et de bois de rose, garnie de bronzes, avec étagères sur les côtés, style Louis XVI ; dessus de marbre.

13 — Paravent à quatre feuilles en ancienne soie brochée et gravures en couleur ; monture en bois sculpté et laqué blanc. Style Louis XVI.

14 — Petit meuble en acajou, décoré d'une bran-
che de fleurs en marqueterie.

15 — Petite commode en bois de noyer, ouvrant
à trois tiroirs, et garnie de bronzes. XVIIIe
siècle.

16 — Commode en chêne sculpté, garnie de
trois tiroirs et ornée de poignées et entrées
de serrures en bronze. XVIIIe siècle.

17 — Glace biseautée, dans un encadrement de
bois sculpté à cariatides, têtes de chérubins
et ornements. XVIIe siècle.

18 — Deux feuilles de paravent en moucharabieh.

19 — Deux portes en bois sculpté, peint et doré,
à figures de saints et d'anges. XVIIIe siècle.

20 — Meuble de toilette en acajou, à rosaces de
bronze doré, garni de tiroirs et d'une glace
écran. Premier Empire.

21 — Petite table en bois de placage, sur quatre
pieds cambrés.

22 — Petite table carrée en acajou, garnie de
deux tablettes sur les côtés et un tiroir.

23 — Table-tricotteuse, à trois tablettes, en acajou et moulures de cuivre.

24 — Petite console d'entre-deux en bois doré,
de style Louis XVI, surmontée d'une glace
trumeau dans un cadre sculpté et doré.

25 — Petit bureau de dame, forme à dos d'âne,
en bois de placage et filets de citronnier.

26 — Deux guéridons trépieds en acajou.

27 — Glace dans un cadre en bois sculpté et
doré, à feuillages.

28 — Table d'angle en acajou, à moulures de
cuivre.

29 — Paire de colonnes en bois verni, à canne-
lures de cuivre.

30 — Glace biseautée, cadre en noyer sculpté,
parties dorées.

31 — Console en chêne sculpté, sur quatre pieds
tors.

32 — Étagère d'applique en bois.

33 — Cinq supports vaisselliers en noyer.

34 — Petite banquette en acajou et velours im-
primé. Travail anglais.

35 — Fronton en bois sculpté et doré, à vase de
fleurs, guirlandes et figures d'enfants.

36 — Deux petits tabourets orientaux, incrustés
de nacre.

37 — Meuble de salon en bois doré, de style
Louis XVI, garni en tapisserie d'Aubusson,
à bouquets, corbeilles de fleurs et rinceaux,
composé de un canapé et quatre fauteuils.

38 — Meuble de salon en bois sculpté et doré,
de style Louis XVI, garni en ancienne soie
rayée, à semis de fleurs, composé de un canapé et quatre fauteuils.

39 — Bergère en bois sculpté et laqué blanc,
d'époque Louis XVI, garnie en soie brochée
moderne, fond rose.

40 — Deux fauteuils Régence en bois sculpté,
garnis de canne, avec têtière en soie brochée.

41 — Bergère en noyer sculpté, de style Louis
XVI, garnie en velours ciselé sur fond vieux
rose.

42 — Chaise longue en bois sculpté et laqué blanc, parties cannées, garnie en velours vert ciselé. Style Louis XVI.

43 — Tabouret Louis XIII en bois sculpté, couvert en ancienne tapisserie.

44 — Meuble de salon, composé de deux canapés. deux fauteuils, quatre chaises, un pouf, garnis en peluche et soierie de fantaisie.

45 — Un tabouret forme X, recouvert en soie brochée.

46 — Petit guéridon à tablette d'entrejambes, garni de soie et de peluche.

47 — Meuble de salon, composé d'un canapé, deux fauteuils, deux chaises en palissandre, orné de bronzes, garni de velours frappé havane.

48 — Deux chaises légères en bois doré, garnies de tapisserie au point et de soie.

49 — Quatre chaises légères en bois doré, garnies de soierie.

50 — Quatre fauteuils en bois de fer sculpté et ajouré; sièges en marbre gris. Style chinois.

51 — Trois guéridons ou supports en bois de fer incrusté de nacre. Dessus en marbre.

SCULPTURES

ARMES, PORCELAINES, FAIENCES

52 — Statuette en terre cuite teintée: Nègre pêcheur.

53 — Groupe en marbre: Psyché et l'Amour.

54 — Bas-relief en albâtre sculpté: la Nativité.

55 — Deux épées. xviiie siècle.

56 — Epée à poignée d'argent. Epoque Louis XVI.

57 — Lame d'épée espagnole. xviie siècle.

58 — Salade en fer. xvie siècle.

59 — Casque de guerrier japonais.

60 — Casque japonais avec bas de masque. xvie siècle.

61 — Paire de pistolets, à double canons gravés et dorés. Signés de Cambier. Epoque Louis XV.

62 — Plat en ancienne faïence de Delft.

63 — Deux théières en ancienne porcelaine de Chine.

64 — Plaque en faïence: la Vierge et l'Enfant.

65 — Deux plats en faïence italienne, décor à bustes d'hommes.

BRONZES

CUIVRES, ÉTAINS

66 — Statuette en bronze, par BARTHOLOMÉ : *la Douleur*, fragment du Monument aux Morts. *Edition Siot-Decauville.*

67 — Statuette en bronze : *la Parisienne*, par CRAWINSKY ; Converset, fondeur. Salon de 1905.

68 — Paire de grands chenets en bronze poli, à têtes de dauphins. XVIᵉ siècle.

69 — Statuette de Baigneuse en bronze ; socle forme coussin.

70 — Statuette de Sirène en bronze doré, tenant un timbre d'appel électrique. Signée : CURSCHNER.

71 — Loup pris au piège. Bronze russe.

72 — Cosaque à cheval. Bronze russe.

73 — Fauconnier, statuette équestre. Bronze russe.

74 — Paysan russe faisant boire son cheval. Bronze.

75 — Chasseur au lasso, statuette équestre. Bronze russe.

76 — Lapon et chien. Bronze russe.

77 — Brûle-parfums en bronze patine foncée. Travail chinois.

78 — Paire d'appliques, à trois lumières, en bronze. Style Louis XV.

79 — Paire d'appliques, à deux lumières, en bronze. Style Louis XVI.

80 — Vase à deux anses en bronze martelé.

81 — Vase porte-bouquet en bronze, à figure de jeune femme. Signé : AUBÉ.

82 — Petite jardinière, à anse mobile, en cuivre.

83 — Ceinture russe et trois plaques d'ornements en cuivre.

84 — Lustre, à douze lumières, en bronze ciselé et poli. XVIIIᵉ siècle.

85 — Sanglier mort en bronze.

86 — Applique flamande, à une lumière, en cuivre repoussé.

87 — Huit plats et assiettes en étain gravé et repoussé.

88 — Devant de foyer en deux partie en cuivre.

89 — Trois supports de lanternes en fer découpé.

90 — Lanterne, à six pans, en cuivre.

91 — Flambeau, à deux branches, en cuivre. Art nouveau.

92 — Flambeau, à longue tige, en cuivre. Même style.

93 — Aiguière et son bassin en étain.

94 — Candélabre à trois branches. Travail russe.

95 — Paire de flambeaux d'autel en métal.

96 — Deux porte-burettes, une sucrière, deux verseuses en étain.

97 — Quatre grands plateaux en cuivre repoussé d'Orient.

98 — Petit lustre, à six lumières, en bronze doré, garni de cristaux.

99 — Petit lustre analogue.

TABLEAUX

DESSINS, GRAVURES

100 — Corot (Genre de). Paysage.

101 — Delaunay (J.). Le Cheval blanc.

102 — Delma. Paysage.

103 — École du xviie siècle. Deux Portraits de Femmes.

104 — École française du xviiie siècle. La Toilette de Diane.

105 — École italienne. Saint Gérôme.

106 — École moderne. Paysage montagneux.

107 — École moderne. Oiseaux morts.

108 — Henrotay (G.). Vase de fleurs.

109 — Laporte (Em.). Bacchante endormie.

110 — L. L. Entrée de ferme, peinture sur porcelaine.

111 — Mathon (E.). Vue prise à Saint-Saëns (Seine-Inférieure).

112 — Mathon (E.). Paysage, entrée de village.

113 — Mathon (E.). Paysage, l'Étang.

114 — Thurner. Nature morte, le Retour du marché.

115 — Gravure en couleur : *La coquette Sophie*. d'après DAVESNE.

116 — Gravure : *Charles Ier*, d'après VAN DYCK.

117 — Gravure : *La Toilette de la Mariée ou le jour désiré*, d'après LEBRUN.

118 — Gravure : *Les Sabots*.

119 — Photographie encadrée, d'après VAN DYCK.

BIJOUX

OBJETS DE VITRINE

OBJETS VARIÉS

120 — Montre en or, chronographe à double boîtiers et répétition.

121 — Cinq pommes et béquilles de parapluies et ombrelles, or et argent. (Sera divisé)

122 — Petit nécessaire en émail, décor à médaillons, sujets à personnages. xviiie siècle.

123 — Dix pièces diverses : objets de vitrine.

124 — Petit flacon, à panse plate, en argent ciselé. Style Renaissance.

125 — Tour de pagode en ivoire sculpté à jour, avec son pied en bois de fer. Travail chinois.

126 — Treize cadres pour photographies.

127 — Quatre cadres divers.

128 — Deux flacons à eau de rose en verre doré d'Orient.

129 — Deux ornements russes en cuir et perles.

130 — Lampe à colonne en marbre vert-de-mer, avec abat-jour en soie verte.

131 — Deux vases en verre de Venise opalin.

132 — Deux plaques en faïence : groupes de chanteurs en relief, lion en porcelaine.

133 — Quatre vases en poterie.

134 — Deux vitraux.

TAPISSERIES

ÉTOFFES, TENTURES

TAPIS D'ORIENT

135 — Tapisserie du xviiͤ siècle, représentant un roi assis sur son trône, recevant une délégation.

136 — Portière en tapisserie-verdure, sujet de chasse. Bordure dans le bas.

137 — Belle selle orientale, avec ses accessoires, en velours rouge brodé d'or.

138 — Deux stores et deux bandeaux en ancien filet.

139 — Quatre grands bandeaux en ancien filet.

140 — Grand carré en ancien damas, fond vert.

141 — Sept coussins variés en soie et étoffe orientale.

142 — Tapis de table en soie brodée de fils métalliques. Travail oriental.

143 — Quatre rideaux en damas de soie rouge.

144 — Tapis oriental, dessin à petits carrés, sur fond de nuances variées.

145 — Tapis d'Orient, dessin polychrome, sur fond noir.

146 — Sac de selle et petit carré en broderie orientale.

147 — Feuille d'écran bannière en ancienne soie brochée.

148 — Trois stores en soie brodée de fils métalliques.

149 — Tapis ancien d'Orient, à dessin polychrome.

150 — Cinq morceaux en tapisserie à la main en soies de couleur, sur fond de soie crème.

151 — Grand tapis en moquette, fond gris, à dessin brun.

152 — Objets omis.